하늘과 바람과 별과 시

시 쉽게 감상하기 I

윤동주 지음

시 쉽게 감상하기 I

하늘과 바람과 별과 시

윤동주 지음

차례

제1장
별을 노래하는 마음

서시(序詩)

*죽는 날까지 하늘을 우러러
한 점 부끄럼이 없기를,
잎새에 이는 바람에도
나는 괴로워했다.
별을 노래하는 마음으로
모든 죽어가는 것을 사랑해야지.
그리고 나한테 주어진 길을
걸어가야겠다.

오늘 밤에도 별이 바람에 *스치운다.

---

*죽는 날까지 하늘을 우러러 / 한 점 부끄럼이 없기를** 비록 현실은 힘들고 어렵지만, 결코 타협하지 않고 양심적으로 살겠다는 다짐이다. *스치운다** '스치다'가 원형. '말리우다', '걸리우다'와 같이 윤동주는 원형에 보조어간인 '우'를 즐겨 썼다.

갈래 자유시, 서정시 │ **성격** 자기성찰적, 고백적, 의지적 │ **표현의 특징** 자연을 상징적으로 표현 │ **어조** 고백적이고 의지적인 어조 │ **주제** 부끄럽지 않은 삶에 대한 갈망

'별을 노래하는 마음'으로 '모든 죽어가는 것을 사랑'하고자 했던 시인의 아름다운 마음씨가 드러나는 시다. 한 치 앞을 가늠하기 힘든 암담한 시대를 살며 나뭇잎을 흔드는 여린 바람에도 괴로워했던 화자는, 티끌만한 부끄러움도 없는 삶을 원했다.

자화상

산모퉁이를 돌아 논가 외딴 우물을 홀로 찾아가선 *가만히 들여다 봅니다.

우물 속에는 달이 밝고 구름이 흐르고 하늘이 펼치고 파아란 바람 이 불고 가을이 있습니다.

그리고 *한 사나이가 있습니다.
어쩐지 그 사나이가 미워져 돌아갑니다.

돌아가다 생각하니 그 사나이가 가엾어졌습니다. 도로 가 들여다 보니 사나이는 그대로 있습니다.

다시 그 사나이가 미워져 돌아갑니다.
돌아가다 생각하니 그 사나이가 그리워집니다.

우물 속에는 달이 밝고 구름이 흐르고 하늘이 펼치고 파아란 바람 이 불고 가을이 있고 추억처럼 사나이가 있습니다.

🍂
*가만히 들여다봅니다** 자아성찰의 모습을 엿볼 수 있는 구절이다. *한 사나이가 있습니다** 지난날
의 순수했던 자신을 발견함으로써 현재의 자신과 화해가 이루어진다.

갈래 자유시, 서정시 ┃ **성격** 고백적, 사색적, 자기성찰적 ┃ **표현의 특징** 쉬운 구어체, 산문적 표
현 ┃ **주제** 자신에 대한 미움과 연민, 갈등하는 자신에 대한 사랑과 미움

우물 속 '사나이'는 화자의 또 다른 이름이다. 우물 속을 들여다보면 사나이가 미워지고, 그래서 돌
아가다 생각하면 사나이가 가엾고 그리워지기까지 한다. 그 반복되는 과정을 통해 화자는 자신을
반성하고 또 살핀다. 그러다 보면 우물 속에 '추억처럼' 사나이가 있다.

*별 헤는 밤

계절이 지나가는 하늘에는
가을로 가득 차 있습니다.

나는 아무 걱정도 없이
가을 속의 *별들을 다 헤일 듯합니다.

가슴속에 하나 둘 새겨지는 별을
이제 다 못 헤는 것은
쉬이 아침이 오는 까닭이요,
내일 밤이 남은 까닭이요,
아직 나의 청춘이 다하지 않은 까닭입니다.

별 하나에 추억과
별 하나에 사랑과
별 하나에 쓸쓸함과
별 하나에 동경과
별 하나에 시와
별 하나에 어머니, 어머니,

어머님, 나는 별 하나에 아름다운 말 한마디씩 불러봅니다. 소학교 때 책상을 같이했던 아이들의 이름과, 패(佩), 경(鏡), 옥(玉) 이런 이국 소녀들의 이름과, 벌써 애기 어머니 된 계집애들의 이름과, 가난한 이웃 사람들의 이름과, 비둘기, 강아지, 토끼, 노새, 노루, '프랑시스 잠', '라이너 마리아 릴케', 이런 시인의 이름을 불러봅니다.

이네들은 너무나 멀리 있습니다.
별이 아슬히 멀 듯이

어머님,
그리고 당신은 멀리 북간도에 계십니다.
나는 무엇인지 그리워
이 많은 별빛이 내린 언덕 위에
내 이름자를 써보고,
흙으로 덮어버리었습니다.

딴은 밤을 새워 우는 벌레는
부끄러운 이름을 슬퍼하는 까닭입니다.

그러나 겨울이 지나고 나의 별에도 봄이 오면
무덤 위에 파란 잔디가 피어나듯이
내 이름자 묻힌 언덕 위에도
자랑처럼 풀이 무성할 게외다.

***별** 시인이 지향하는 내적 세계를 가리킨다.

갈래 자유시, 서정시 │ **성격** 사색적, 서정적, 감상적 │ **주제** 지난날의 순수함에 대한 그리움, 아름다운 이상에 대한 동경

깊어가는 가을밤, 화자는 하늘의 별을 헤아리며 지난날을 그리워한다. 멀리 북간도에 계신 어머니, 어린 시절 함께 자란 소녀들, 그 밖에도 좋아했던 것들을 별 하나에 한마디씩 불러본다. 하지만 그들은 너무도 멀리 있다. 마치 별처럼… 화자는 아무것도 할 수 없는 자신을 부끄러워하면서도, 봄이 오면 자기 별에도 '자랑처럼 풀이 무성해'질 것을 믿는다.

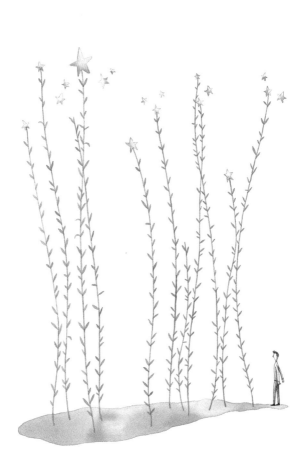

십자가

쫓아오던 햇빛인데
지금 교회당 꼭대기
십자가에 걸리었습니다.

*첨탑이 저렇게도 높은데
어떻게 올라갈 수 있을까요.

종소리도 들려오지 않는데
휘파람이나 불며 서성거리다가

괴로웠던 사나이,
행복한 예수 그리스도에게처럼
십자가가 허락된다면

모가지를 드리우고
꽃처럼 피어나는 피를
어두워가는 하늘 밑에
*조용히 흘리겠습니다.

첨탑이 저렇게도 높은데 이상과 현실 사이에 거리가 있음을 나타낸 것이다. **조용히 흘리겠습니다** 마음속 의지를 다짐하듯 표현한 것이다.

갈래 자유시, 서정시 │ **성격** 상징적, 저항적, 의지적 │ **제재** 십자가 │ **주제** 자기희생을 통한 구원의 소망, 값진 삶을 위한 자기희생의 의지

화자는 교회당 꼭대기에 걸려 있는 십자가를 바라보며, 식민지의 암흑기를 하는 일 없이 살아가는 자신에 대해 부끄러움을 느낀다. 그 부끄러움을 극복하는 방법으로 민족을 위해 자신을 희생할 생각을 가진다. 십자가에서 피를 흘림으로써 세상을 구원한 예수 그리스도처럼.

간판 없는 거리

정거장 플랫폼에
내렸을 때 아무도 없어,

다들 손님들뿐,
손님 같은 사람들뿐.

집집마다 간판이 없어
집 찾을 근심이 없어

빨갛게
파랗게
불붙는 문자도 없이

모퉁이마다
자애로운 헌 *와사등(瓦斯燈)에
불을 *혀놓고,

손목을 잡으면

다들, 어진 사람들

다들, 어진 사람들

봄, 여름, 가을, 겨울,

순서로 돌아들고.

***와사등** 가스등. 석탄가스를 도관(導管)으로 통하여 불을 켜는 등. ***허놓고** '켜놓고'의 평안북도
방언.

갈래 자유시, 서정시 ┃ **성격** 상징적, 감상적 ┃ **주제** 낯선 이들과의 소통

간판도, 빨간색 파란색으로 빛나는 네온사인도 없는 조용한 거리. 다들 손님 같은 사람들뿐이지만,
실은 모두 어진 이웃들이다. 시간의 흐름 속에서 마음을 열고 살아가다 보면, 손님처럼 낯선 사람도
정답게 느껴질 것이다.

눈 오는 지도

순이가 떠난다는 아침에 말 못할 마음으로 함박눈이 내려, 슬픈 것처럼 창밖에 아득히 깔린 지도 위에 덮인다.

방안을 들여다보아야 아무도 없다. 벽과 천장이 하얗다. 방안에까지 눈이 내리는 것일까, 정말 너는 잃어버린 역사처럼 홀홀히 가는 것이냐, 떠나기 전에 일러둘 말이 있던 것을 편지를 써서도 네가 가는 곳을 몰라 어느 거리, 어느 마을, 어느 지붕 밑, 너는 내 마음속에만 남아 있는 것이냐, 네 쪼그만 발자국을 눈이 자꾸 내려덮어 따라갈 수도 없다. 눈이 녹으면 남은 발자국 자리마다 꽃이 피리니, 꽃 사이로 발자국을 찾아나서면 일 년 열두 달 *하냥 내 마음에는 눈이 내리리라.

🐝
*하냥 '늘'의 방언.

갈래 산문시, 서정시 │ **성격** 애상적, 서정적 │ **주제** 눈 속에 떠난 임에 대한 그리움

함박눈 내리는 아침, 화자의 마음을 다 차지한 순이는 가는 곳도 알리지 않은 채 떠나고 방안은 하얗게 비었다. 순이가 밟고 간 발자국마다 계속 눈이 내려덮어 따라갈 수도 없다. 눈이 녹으면 그 발자국마다 꽃이 필 텐데, 꽃 사이로 발자국을 찾아나서면 화자의 마음에는 일 년 열두 달 눈이 내릴 것이다.

슬픈 족속

흰 수건이 검은 머리를 두르고
흰 고무신이 거친 발에 걸리우다.

흰 저고리 치마가 슬픈 몸집을 가리고
흰 띠가 가는 허리를 질끈 동이다.

갈래 자유시, 서정시 | **성격** 상징적 | **주제** 우리 민족

머리엔 흰 수건, 발에는 흰 고무신, 몸에는 흰 저고리 치마, 그리고 허리를 질끈 동여맨 흰 띠… 짧지
만 우리 민족을 상징적으로 나타낸 시다. 비록 나라를 잃은 '슬픈 족속'이나, 그 혼만은 살아서 움직
이는 듯하다.

길

잃어버렸습니다.
무얼 어디다 잃었는지 몰라
두 손이 *주머니를 더듬어
길에 나아갑니다.

돌과 돌과 돌이 끝없이 연달아
길은 돌담을 끼고 갑니다.

담은 쇠문을 굳게 닫아
길 위에 긴 그림자를 드리우고

길은 아침에서 저녁으로
저녁에서 아침으로 통했습니다.

돌담을 더듬어 눈물짓다
쳐다보면 *하늘은 부끄럽게 푸릅니다.

풀 한 포기 없는 이 길을 걷는 것은
담 저쪽에 내가 남아 있는 까닭이고,

내가 사는 것은, 다만,
잃은 것을 찾는 까닭입니다.

*주머니 화자의 내면세계를 뜻한다.   *하늘은 부끄럽게 푸릅니다 자아성찰을 게을리한 데 대해
부끄럽게 여김을 이른다.

갈래 자유시, 서정시 ┃ **성격** 자기성찰적, 상징적, 의지적 ┃ **어조** 고백적 어조 ┃ **주제** 진정한 자
아 추구, 자아와 역사를 되찾으려는 의지

길을 나선 것은 잃어버린 무엇인가를 찾기 위해서다. 길은 돌담을 끼고 끝없이 연달아 있지만, 그
돌담은 쇠문으로 굳게 닫혀진 채다. 그런데도 화자가 그 삭막한 길을 걷지 않을 수 없는 것은 담 안
쪽에 또 다른 '내가 남아 있기' 때문이고, 또한 잃은 것을 찾는 게 살아 있는 이유이기 때문이다.

병원

살구나무 그늘로 얼굴을 가리고, 병원 뒤뜰에 누워, 젊은 여자가 흰옷 아래로 하얀 다리를 드러내놓고 일광욕을 한다. 한나절이 기울도록 가슴을 앓는다는 이 여자를 찾아오는 이, 나비 한 마리도 없다. 슬프지도 않은 살구나무 가지에는 바람조차 없다.

나도 모를 아픔을 오래 참다 처음으로 이곳에 찾아왔다. 그러나 나의 늙은 의사는 젊은이의 병을 모른다. 나한테는 병이 없다고 한다. 이 지나친 시련, 이 지나친 피로, 나는 성내서는 안 된다.

여자는 자리에서 일어나 옷깃을 여미고 화단에서 금잔화 한 포기를 따 가슴에 꽂고 병실 안으로 사라진다. 나는 그 여자의 건강이―아니 내 건강도 속히 회복되기를 바라며 그가 누웠던 자리에 누워본다.

🦋
갈래 자유시, 서정시 | **성격** 상징적, 감각적 | **주제** 암울한 식민지의 현실

오래 참다 병원을 찾았지만, 의사마저 원인을 모르는 병을 앓고 있는 '나'. 가슴앓이를 하고 있는 '여자'와 '나'는 어두운 현실을 견디지 못해 병이 든 환자라는 점에서 같다. 절망적 상황에서 속히 벗어나기를 바라는 시인의 마음이 느껴지는 시다.

*태초의 아침

봄날 아침도 아니고
여름, 가을, 겨울,
그런 날 아침도 아닌 아침에

빨—간 꽃이 피어났네,
햇빛이 푸른데.

그 전날 밤에
그 전날 밤에
모든 것이 마련되었네.

사랑은 뱀과 함께
독은 어린 꽃과 함께.

*태초 하늘과 땅이 열린 처음.

갈래 자유시, 서정시 | **성격** 상징적, 종교적 | **주제** 태초부터 시작된 사랑과 독

하나님이 세상을 창조하신 그 '태초의 아침', 푸른 햇빛 아래 빨간 꽃이 피어났다. 모든 것이, 사랑은
뱀과 함께, 독은 어린 꽃과 함께 모두 그 전날 밤에 마련된 것이다.

또 태초의 아침

하얗게 눈이 덮이었고
전신주가 잉잉 울어
하나님 말씀이 들려온다.

무슨 계시일까.

빨리
봄이 오면
죄를 짓고
눈이 밝아

*이브가 해산하는 수고를 다하면

무화과 잎사귀로 부끄런 데를 가리고

나는 이마에 땀을 흘려야겠다.

바람이 불어

바람이 어디로부터 불어와
어디로 불려가는 것일까.

바람이 부는데
내 괴로움에는 이유가 없다.

내 괴로움에는 이유가 없을까.

단 한 여자를 사랑한 일도 없다.
시대를 슬퍼한 일도 없다.

바람이 자꾸 부는데
내 발이 반석 위에 섰다.

강물이 자꾸 흐르는데
내 발이 언덕 위에 섰다.

🦋
갈래 자유시, 서정시 | **성격** 상징적, 자기응시적 | **제재** 바람 | **주제** 시대적 상황과 거리가 먼 자신에 대한 번민

바람이 자꾸 부는데, 강물이 자꾸 흐르는데, 화자의 발은 반석 위에, 언덕 위에 있다. '단 한 여자를 사랑한 일도 없'고 '시대를 슬퍼한 일도 없'는 자신을 슬퍼하며, 그 괴로움의 이유를 찾으려고 애쓴다.

돌아와 보는 밤

세상으로부터 돌아오듯이 이제 내 좁은 방에 돌아와 불을 끄옵니다. 불을 켜두는 것은 너무나 *피로롭은 일이옵니다. 그것은 낮의 연장이옵기에—

이제 창을 열어 공기를 바꾸어들여야 할 텐데 밖을 가만히 내다보아야 방안과 같이 어두워 꼭 세상 같은데 비를 맞고 오던 길이 그대로 빗속에 젖어 있사옵니다.

하루의 울분을 씻을 바 없어 가만히 눈을 감으면 마음속으로 흐르는 소리, 이제, 사상이 능금처럼 저절로 익어가옵니다.

*피로롭은 피로한.

갈래 자유시, 서정시 | **성격** 사색적, 상징적, 저항적 | **주제** 밤이 주는 위안

밤이 되자 화자는 피로한 세상으로부터 자기 방에 돌아온다. 불을 끈 채 밖을 내다본다. 밖은 '방안과 같이 어두워' 마치 현실 같다. 가만히 눈을 감는다. 그러면 낮에 느꼈던 울분은 어디론가 사라지고 비로소 '마음속으로 흐르는 소리'가 들린다.

소년

여기저기서 단풍잎 같은 슬픈 가을이 뚝뚝 떨어진다. 단풍잎 떨어져 나온 자리마다 봄을 마련해놓고 나뭇가지 위에 하늘이 펼쳐 있다. 가만히 하늘을 들여다보려면 눈썹에 파란 물감이 든다. 두 손으로 따뜻한 볼을 씻어보면 손바닥에도 파란 물감이 묻어난다. 다시 손바닥을 들여다본다. 손금에는 맑은 강물이 흐르고, 맑은 강물이 흐르고, 강물 속에는 사랑처럼 슬픈 얼굴―아름다운 순이의 얼굴이 어린다. 소년은 황홀히 눈을 감아본다. 그래도 맑은 강물은 흘러 사랑처럼 슬픈 얼굴―아름다운 순이의 얼굴은 어린다.

갈래 산문시, 서정시 | **성격** 서정적, 감각적, 낭만적 | **주제** 가을에 느끼는 슬픔과 그리움

단풍잎이 아름답고 하늘이 파랗고 강물이 맑아도… 가을은 슬픈 계절이다. 가을은 여기저기서 단풍잎처럼 뚝뚝 떨어지고, 소년의 감은 눈에는 사랑처럼 슬픈 순이의 얼굴이 어린다.

아우의 인상화

붉은 이마에 싸늘한 달이 서리어
아우의 얼굴은 슬픈 그림이다.

발걸음을 멈추어
살그머니 *애딘 손을 잡으며
**"너는 자라 무엇이 되려니"

"사람이 되지"
아우의 설운 진정코 설운 대답이다.

슬며—시 잡았던 손을 놓고
아우의 얼굴을 다시 들여다본다.

싸늘한 달이 붉은 이마에 젖어,
아우의 얼굴은 슬픈 그림이다.

✿
*애딘 앳된. *너는 자라 무엇이 되려니 앞으로 살면서 아우가 겪어야 할 쓰라린 현실이 안타까워
묻는 말이다.

갈래 자유시, 서정시 | **성격** 애상적, 상징적 | **제재** 아우의 얼굴 | **주제** 아우에 대한 연민

'붉은 이마에 싸늘한 달이 서린' 아우의 얼굴은 슬프다. 자라서 뭐가 되려느냐고 물으니 '사람'이 되
고 싶단다. 그 대답이 서러워 화자는 아우에 대해 깊은 연민을 느낀다. 사람다운 사람이 되기 힘든
현실 속에서 아우를 염려하는 형의 마음이 읽힌다.

쉽게 씌어진 시

창밖에 밤비가 속살거려
*육첩방(六疊房)은 남의 나라,

시인이란 슬픈 천명(天命)인 줄 알면서도
한 줄 시를 적어볼까,

땀내와 사랑내 포근히 품긴
보내주신 학비 봉투를 받아

대학 노—트를 끼고
*늙은 교수의 강의 들으러 간다.

생각해보면 어린 때 동무를
하나, 둘, 죄다 잃어버리고

나는 무얼 바라
나는 다만, 홀로 침전하는 것일까?

인생은 살기 어렵다는데
시가 이렇게 쉽게 씌어지는 것은
부끄러운 일이다.

육첩방은 남의 나라.
창밖에 밤비가 속살거리는데,

등불을 밝혀 어둠을 조금 내몰고
시대처럼 올 아침을 기다리는 최후의 나,

나는 나에게 작은 손을 내밀어
눈물과 위안으로 잡는 최초의 악수.

*육첩방 일본식 방의 크기를 나타내는 것으로, 다다미 여섯 장 넓이의 방. *늙은 교수의 강의 들으러 간다 젊은이가 괴로워하는 것과는 거리가 먼 고루한 지식을 듣기 위해 간다.

갈래 자유시, 서정시 ┃ **성격** 자기성찰적, 낭만적, 의지적 ┃ **제재** 현실 속 삶 ┃ **주제** 어두운 시대를 사는 자로서의 고뇌와 자아성찰, 무기력한 삶에 대한 반성과 현실 극복의 의지

화자는 절망적인 현실에 정면으로 대항하지 못하는 자신의 무기력함이 부끄럽다. 기껏 남의 나라 좁은 다다미방에서 시나 쓰고 있으니… 하지만 화자에게는 현실을 극복하고자 하는 의지가 있다. 등불을 밝혀 어둠을 몰아내고 자신에게 '눈물과 위안'의 악수를 청한다.

눈 감고 간다

태양을 사모하는 아이들아
별을 사랑하는 아이들아

밤이 어두웠는데
눈 감고 가거라.

가진 바 씨앗을
뿌리면서 가거라.

발부리에 돌이 차이거든
감았던 눈을 와짝 떠라.

갈래 자유시, 서정시 | **성격** 상징적, 미래지향적 | **주제** 자라나는 세대에 대한 당부

현실이 아무리 암울해도 흔들리지 말고 아예 눈을 감고 가라고 한다. 그 대신 가지고 있는 '씨앗'을
뿌리면서 가라고 한다. 밝은 내일을 생각하며 나아가라는 것이다. 그렇게 가다가 발부리에 돌이 걸
리면 감았던 눈을 번쩍 뜨라고 한다.

제2장
거울을 닦으며

명상

가츨가츨한 머리칼은 오막살이 처마 끝,
휘파람에 콧마루가 서운한 양 간질키오.

들창 같은 눈은 가볍게 닫혀,
이 밤에 연정은 어둠처럼 골골이 스며드오.

🦋
갈래 자유시, 서정시 | **성격** 사색적, 낭만적 | **주제** 임에 대한 그리움

사방이 고요한 밤, 오막살이의 들창 같은 눈을 가볍게 감고 명상에 잠긴다. 그런데 임에 대한 그리움이 마음 구석구석 어둠처럼 스며들어 그 명상을 방해한다.

참회록

*파란 녹이 낀 구리 거울 속에
내 얼굴이 남아 있는 것은
어느 왕조의 유물이기에
이다지도 욕될까.

나는 나의 참회의 글을 한 줄에 줄이자.
—만 이십사 년 일 개월을
무슨 기쁨을 바라 살아왔던가.

내일이나 모레나 그 어느 즐거운 날에
나는 또 한 줄의 참회록을 써야 한다.
─그때 젊은 나이에
왜 그런 부끄런 고백을 했던가.

밤이면 밤마다 나의 거울을
*손바닥으로 발바닥으로 닦아보자.

그러면 어느 운석(隕石) 밑으로 홀로 걸어가는
슬픈 사람의 뒷모양이
거울 속에 나타나 온다.

*파란 녹이 낀 구리 거울 망국의 치욕으로 뒤덮인 역사를 상징적으로 나타낸 것이다. *손바닥으로
발바닥으로 닦아보자 온 몸으로 역사의 양심을 밝히자.

갈래 자유시, 서정시 ┃ **성격** 자기성찰적, 의지적, 사색적 ┃ **주제** 자기 삶을 반성하고 살피는 의지

시인은 식민지 백성으로 태어나 이 시를 쓴 스물네 살까지 산 삶이 욕되고 부끄럽다. '파란 녹이 낀
구리 거울'에 비친 자신의 얼굴은 역사 속으로 흘러간 '어느 왕조의 유물' 같다. 지금까지의 삶을 참
회하며, 또한 언젠가 올 해방의 그 즐거운 날을 기다리며 시인은 밤마다 거울을 닦는다.

간

바닷가 햇빛 바른 바위 위에
습한 간을 펴서 말리우자.

코카서스 산중에서 도망해온 토끼처럼
*둘러리를 빙빙 돌며 간을 지키자.

내가 오래 기르던 여윈 독수리야!
와서 뜯어먹어라, 시름없이

너는 살지고
나는 여위어야지, 그러나,

거북이야!
다시는 용궁의 유혹에 안 떨어진다.

*프로메테우스 불쌍한 프로메테우스
불 도적한 죄로 목에 맷돌을 달고
끝없이 침전하는 프로메테우스.

갈래 자유시, 서정시 ∣ **성격** 의지적, 저항적, 상징적 ∣ **어조** 남성적 어조 ∣ **주제** 희생을 바탕으
로 현실적 고뇌를 벗어나려는 의지

두 개의 설화, 곧 우리나라의 「토끼전」과 그리스 신화의 프로메테우스 이야기가 시의 중심축을 이
루고 있다. 시인은 이 시를 통해 식민지시기를 살아가는 지식인의 고뇌와, 그 힘든 현실을 극복하고
자 하는 의지를 이야기하고 있다.

팔복(八福)

마태복음 5장 3~12절

슬퍼하는 자는 복이 있나니

슬퍼하는 자는 복이 있나니

슬퍼하는 자는 복이 있나니

슬퍼하는 자는 복이 있나니

슬퍼하는 자는 복이 있나니

슬퍼하는 자는 복이 있나니

슬퍼하는 자는 복이 있나니

슬퍼하는 자는 복이 있나니

저희가 영원히 슬플 것이요.

갈래 자유시, 서정시 | **성격** 상징적, 애상적 | **주제** 영원히 슬퍼할 수밖에 없는 민족의 운명

성경대로라면 슬퍼하는 자는 영원히 복을 받아야 마땅하다. 하지만 시는 '저희가 영원히 슬플 것이요'라는 말로 끝난다. 영원히 슬플 수밖에 없는 민족의 앞날이, 그 숙명이 가슴 아리다.

위로

거미란 놈이 흉한 심보로 병원 뒤뜰 난간과 꽃밭 사이 사람 발이
잘 닿지 않는 곳에 그물을 쳐놓았다. 옥외 요양을 받는 젊은 사나
이가 누워서 치어다보기 바르게—

나비가 한 마리 꽃밭에 날아들다 그물에 걸리었다. 노—란 날개를
파득거려도 파득거려도 나비는 자꾸 감기우기만 한다. 거미가 쏜
살같이 가더니 끝없는 끝없는 실을 뽑아 나비의 온몸을 감아버린
다. 사나이는 긴 한숨을 쉬었다.

나이보담 무수한 고생 끝에 때를 잃고 병을 얻은 이 사나이를 위로
할 말이—거미줄을 헝클어버리는 것밖에 위로의 말이 없었다.

갈래 자유시, 서정시 | **성격** 상징적, 감상적 | **주제** 부끄러운 위로

꽃밭에 날아들다 거미줄에 걸린 나비와, '무수한 고생 끝에 때를 잃고 병을 얻은' 사나이는 같은 운
명이다. 사나이는 거미줄을 벗어나려고 날개를 파득거리는 나비를 보며 그저 무기력하게 한숨을
쉴 뿐이다. 화자는 거미줄을 헝클어버리는 것으로 사나이를 위로하려 한다.

유언

훤한 방에
유언은 소리 없는 입놀림.

─바다에 진주 캐러 갔다는 아들
해녀와 사랑을 속삭인다는 맏아들
이 밤에사 돌아오나 내다봐라 ─

평생 외롭던 아버지의 운명(殞命)
감기우는 눈에 슬픔이 어린다.

외딴집에 개가 짖고
휘양찬 달이 문살에 흐르는 밤.

갈래 자유시, 서정시 | **성격** 애상적, 감각적 | **주제** 유언에 담긴 부정(父情)

휘영청 밝은 달빛 아래 외딴집. 애틋한 부정(父情)은 집 떠난 자식들에게 소리 없는 유언을 한다. 마지막 숨을 몰아쉬며 감기는 아버지의 눈에 슬픔이 어린다.

[*]이적(異蹟)

발에 [*]터분한 것을 다 빼어버리고
황혼이 호수 위로 걸어오듯이
나도 사뿐사뿐 걸어보리이까?

내사 이 호숫가로
부르는 이 없이
불리어 온 것은
참말 이적이외다.

오늘따라
연정, [*]자홀(自惚), 시기, 이것들이
자꾸 금메달처럼 만져지는구려.

하나, 내 모든 것을 여념 없이
물결에 씻어 보내려니
당신은 호면(湖面)으로 나를 불러내소서.

***이적** 상식으로는 생각할 수 없는 기이한 일. ***터분한** 날씨나 기분 따위가 시원하지 않고 매우 답답하고 따분한. ***자홀** 혼자서 황홀해함, 또는 자기도취에 빠짐.

갈래 자유시, 서정시 │ **성격** 상징적, 사색적, 종교적 │ **주제** 잡념 없는 마음의 상태 기원

시인은 부르는 이도 없는데 호숫가로 나간 것을 '이적'이라 한다. 그리고 한 걸음 더 나아가, 신에게 호면[湖面]으로 불러내 달라고 한다. 모든 잡된 생각들을 물결에 씻어 보내고, 마치 '황혼'처럼 호수 위를 가볍게 걸어보겠다는 것이다.

한난계(寒暖計)

싸늘한 대리석 기둥에 모가지를 비틀어맨 한난계,
문득 들여다볼 수 있는 운명한 오 척 육 촌의 허리 가는 수은주,
마음은 유리관보다 맑소이다.

혈관이 단조로워 신경질인 여론동물(輿論動物),
가끔 분수 같은 냉(冷)침을 억지로 삼키기에,
정력을 낭비합니다.

영하로 손가락질할 수돌네 방처럼 추운 겨울보다
해바라기가 만발할 팔월 교정이 이상(理想) 소이다.
피 끓을 그날이—

어제는 막 소낙비가 퍼붓더니 오늘은 좋은 날씨올시다.
동저고리 바람에 언덕으로, 숲으로 하시구려—
이렇게 가만가만 혼자서 귓속 이야기를 하였습니다.
나는 또 내가 모르는 사이에—

나는 아마도 진실한 세기의 계절을 따라,
하늘만 보이는 울타리 안을 뛰쳐,
역사 같은 포지션을 지켜야 봅니다.

갈래 자유시, 서정시 | **성격** 상징적, 자기응시적, 관조적 | **주제** 답답한 현실을 벗어나고자 하는 의지

화자는 '싸늘한 대리석 기둥에 모가지를 비틀어맨 한난계'로 있고 싶지 않다. 피 끓을 그날 진실한
세기의 계절을 따라, 그리고 하늘만 보이는 울타리를 뛰쳐나가 '역사'를 만나 목놓아 외치고 싶다.

거리에서

달밤의 거리
광풍이 휘날리는
북국의 거리
도시의 진주
전등 밑을 헤엄치는,
쪼그만 인어 나.
달과 전등에 비쳐
한 몸에 둘 셋의 그림자,
커졌다 작아졌다,

괴롬의 거리
회색빛 밤거리를
걷고 있는 이 마음,
선풍이 일고 있네.
외로우면서도
한 갈피 두 갈피,
피어나는 마음의 그림자,
푸른 공상(空想)이
높아졌다 낮아졌다.

갈래 자유시, 서정시 | **성격** 의지적, 상징적 | **주제** 괴로움을 극복하려는 의지

미친 듯 바람 부는 북국의 달밤, 화자는 수족관 전등 밑을 헤엄치는 작은 인어처럼 쓸쓸하게 길을 간다. 마음에 갈등이 인다. 그러나 화자는 괴로운 현실을 벗어나기 위해 밝은 생각을 하려 애쓴다.

삶과 죽음

삶은 오늘도 죽음의 서곡을 노래하였다.
이 노래가 언제나 끝나랴.

세상 사람은—
뼈를 녹여내는 듯한 삶의 노래에
춤을 춘다.
사람들은 해가 넘어가기 전
이 노래 끝의 공포를
생각할 사이가 없었다.

(나는 이것만은 알았다.
이 노래의 끝을 맛본 이들은
자기만 알고,
다음 노래의 맛을 알려주지 아니하였다.)

하늘 복판에 아로새기듯이
이 노래를 부른 자가 누구냐.
그리고 소낙비 그친 뒤같이도
이 노래를 그친 자가 누구뇨.

죽고 뼈만 남은,

죽음의 승리자 위인들!

갈래 자유시, 서정시 │ **성격** 자기성찰적, 관조적 │ **주제** 삶의 허무와 죽음에 대한 성찰

사람들은 삶의 노래에 춤을 춘다. 그 끝의 공포를 생각할 사이도 없이. 죽은 자들은 자기만 알고 그
맛을 알려주지 않았다. 삶은 오늘도 죽음의 서곡을 노래했는데…

내일은 없다

어린 마음이 물은

내일 내일 하기에
물었더니
밤을 자고 동틀 때
내일이라고.

새날을 찾던 나도
잠을 자고 돌보니,
그때는 내일이 아니라
오늘이더라.

무리여!
내일은 없나니

......

🦋
갈래 자유시, 서정시 | **성격** 교훈적, 상징적 | **주제** 오늘에 충실한 삶

내일은 자고 일어나면 오늘이 된다. 따라서 내일은 없다. 헛된 내일에 꿈을 걸지 말고 오늘에 충실하라. 그러다 보면 오늘은 어제가 되고 내일은 다시 오늘이 된다.

밤

외양간 당나귀
아ー ㅇ 외마디 울음 울고,

당나귀 소리에
으ー아 아 애기 소스라쳐 깨고,

등잔에 불을 다오.

아버지는 당나귀에게
짚을 한 키 담아주고,

어머니는 애기에게
젖을 한 모금 먹이고,

밤은 다시 고요히 잠드오.

🦋
갈래 자유시, 서정시 | **성격** 서정적, 향토적 | **주제** 평화로운 농가의 밤풍경

고요한 밤 당나귀 우는 소리에 아기가 소스라쳐 깬다. 아버지는 당나귀에게 짚을 한 키 담아주고,
어머니는 아기에게 젖을 한 모금 먹인다. 평화로운 한 폭의 그림 같은 풍경이다.

투르게네프의 언덕

나는 고갯길을 넘고 있었다…… 그때 세 소년 거지가 나를 지나쳤다.

첫째 아이는 잔등에 바구니를 둘러메고, 바구니 속에는 사이다 병, 간즈메 통, 쇳조각, 헌 양말짝 등 폐물이 가득하였다.

둘째 아이도 그러하였다.

셋째 아이도 그러하였다.

텁수룩한 머리털, 시커먼 얼굴에 눈물 고인 충혈된 눈, 색 잃어 푸르스름한 입술, 너덜너덜한 남루, 찢겨진 맨발.

아― 얼마나 무서운 가난이 이 어린 소년들을 삼키었느냐!

나는 측은한 마음이 움직이었다.

나는 호주머니를 뒤지었다. 두툼한 지갑, 시계, 손수건…… 있을 것은 죄다 있었다.

그러나 무턱대고 이것들을 내줄 용기는 없었다. 손으로 만지작거릴 뿐이었다.

다정스레 이야기나 하리라 하고 "얘들아" 불러보았다.

첫째 아이가 충혈된 눈으로 흘끔 돌아다볼 뿐이었다.

둘째 아이도 그러할 뿐이었다.

셋째 아이도 그러할 뿐이었다.

그리고는 너는 상관없다는 듯이 자기네끼리 소곤소곤 이야기하면서 고개로 넘어갔다.

언덕 위에는 아무도 없었다.
짙어가는 황혼이 밀려들 뿐—

갈래 자유시, 서정시 | **성격** 서사적, 고백적 | **표현의 특징** 대비 | **주제** 가난한 사람들에 대한
생각과 실천 사이의 괴리로 인한 갈등

러시아의 소설가이자 시인인 투르게네프의 시「거지」를 모티브로 한 시다. 화자는 고갯길에서 만난
세 소년 거지가 측은했지만, 자신이 가진 것을 그들에게 줄 용기는 없다. 다정하게 이야기나 하리라
하고 말을 붙여보았으나, 그들은 충혈된 눈으로 화자를 흘끔 보고 황혼 속으로 사라져갔다.

흰 그림자

황혼이 짙어지는 *길모금에서
하루 종일 시든 귀를 가만히 기울이면
땅거미 옮겨가는 발자취 소리,

발자취 소리를 들을 수 있도록
나는 총명했던가요.

이제 어리석게도 모든 것을 깨달은 다음
오래 마음 깊은 속에
괴로워하던 수많은 나를
하나, 둘 제 고장으로 돌려보내면
거리 모퉁이 어둠 속으로
소리 없이 사라지는 흰 그림자,

흰 그림자들
연연히 사랑하던 흰 그림자들,

내 모든 것을 돌려보낸 뒤
허전히 뒷골목을 돌아
황혼처럼 물드는 내 방으로 돌아오면

신념이 깊은 의젓한 양처럼
하루 종일 시름없이 풀포기나 뜯자.

*길모금 길목.

갈래 자유시, 서정시 | **성격** 고백적, 의지적, 상징적 | **주제** 순수한 자아의 회복을 통한 순교자적
삶의 실천 의지

'흰 그림자'는 오랫동안 고뇌하던 모든 것을 놓아버린 후 남는 화자 자신의 순수한 모습을 형상화했
다. 현실의 고통을 종교적 신념으로 극복하는 과정을 통해 미성숙에서 성숙으로, 마침내는 순교자
적 삶으로까지 나아가겠다는 의지를 시에 담았다.

비오는 밤

쏴—철석! 파도소리 문살에 부서져
잠 살포시 꿈이 흩어진다.

잠은 한낱 검은 고래 떼처럼 *살래여,
달랠 아무런 재주도 없다.

불을 밝혀 잠옷을 정성스레 여미는
삼경(三更).
염원.

동경(憧憬)의 땅 강남에 또 홍수질 것만 싶어,
바다의 향수보다 더 호젓해진다.

*
***살래여** 설레어.

갈래 자유시, 서정시 | **성격** 상징적, 사색적 | **주제** 간절한 염원

빗줄기가 문살을 때리는 소리가 마치 파도소리 같다. 그 소리에 잠이 깨었다. 달아난 잠은 돌아오지
않는다. 때는 삼경, 잠옷을 여미고 무엇인가 간절하게 빈다.

이별

눈이 오다 물이 되는 날
잿빛 하늘에 또 뿌연 내, 그리고
커다란 기관차는 빼—액 울며
조고만 가슴은 울렁거린다.

이별이 너무 재빠르다, 안타깝게도.
사랑하는 사람을
일터에서 만나자 하고
더운 손의 맛과 구슬 눈물이 마르기 전
기차는 꼬리를 산굽으로 돌렸다.

갈래 자유시, 서정시 ┃ **성격** 감상적, 고백적 ┃ **주제** 이별의 아쉬움

사랑하는 사람을 태우러 온 기관차의 기적소리에 가슴이 울렁거린다. 안타깝게도 이별은 너무 빠르다. 맞잡았던 손의 온기가 가시기도 전에, 이별의 눈물이 마르기도 전에 기차는 산굽이를 돌아간다.

꿈은 깨어지고

꿈은 눈을 떴다.
그윽한 유무(幽霧)에서,

노래하던 종다리,
도망쳐 날아 나고.

지난날 봄타령하던
금잔디밭은 아니다.

탑은 무너졌다.
붉은 마음의 탑이―

손톱으로 새긴 대리석 탑이―
하루 저녁 폭풍에 여지없이도,

오― 황폐의 쑥밭,
눈물과 목메임이여!

꿈은 깨어졌다,
탑은 무너졌다.

갈래 자유시, 서정시 ┃ **성격** 상징적, 고백적 ┃ **주제** 꿈의 좌절로 인한 허무와 슬픔

꿈은 깨지고 탑은 무너졌다. 그 허무와 서글픔을 시인은 '황폐의 쑥밭'이라 표현했다. '눈물과 목메임' 속에 화자는 그 어느 봄날 종달새 날아다니던 금잔디밭을 그리워한다.

무서운 시간

거 나를 부르는 것이 누구요.

*가랑잎 이파리 푸르러 나오는 그늘인데,
나 아직 여기 호흡이 남아 있소.

한 번도 손들어보지 못한 나를
손들어 표할 하늘도 없는 나를

어디에 내 한 몸 둘 하늘이 있어
*나를 부르는 것이오.

일을 마치고 내 죽는 날 아침에는
서럽지도 않은 가랑잎이 떨어질 텐데……

나를 부르지 마오.

*가랑잎 이파리 나약하고 보잘것없는 자아를 상징적으로 나타낸 것이다. **나를 부르는 것이오** '왜 내게 시대적 소명을 주느냐'고 묻는 것이다.

갈래 자유시, 서정시 | **성격** 자조적, 회의적 | **주제** 진지한 삶의 성찰과 그 번민

절망 가운데서 비명을 지르는 시인의 목소리가 들려오는 듯하다. 시인은 '한 번도 손들어보지 못한' 자신이 '어디에 내 한 몸 둘 하늘'이 있느냐며 자조적으로 시대의 부름을 거부한다. 자신의 무력함을 스스로 드러내고 있다는 점에서, 진지한 삶에 대한 성찰과 그 번민이 엿보이는 작품이다.

제3장
안개는 흐르는데

새벽이 올 때까지

다들 죽어가는 사람들에게
검은 옷을 입히시오.

다들 살아가는 사람들에게
흰옷을 입히시오.

그리고 한 침대에
가지런히 잠을 재우시오.

다들 울거들랑
젖을 먹이시오.

이제 새벽이 오면
나팔소리 들려올 게외다.

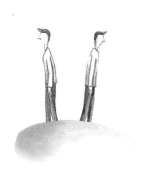

🦋
갈래 자유시, 서정시 │ **성격** 상징적, 미래지향적 │ **주제** 고통스러운 현실 속에서 기다리는 새로운 날
새벽이 오고 나팔소리 들려올 그날은 새로운 날. 모두가 바라던 조국 광복의 그날이다. 죽어가는 사
람이나 살아가는 사람이나 고통스럽기는 마찬가지다. 그들은 희망을 꿈꾸며 밝아올 그날을 애타게
기다린다.

흐르는 거리

으스름히 안개가 흐른다. 거리가 흘러간다.
저 전차, 자동차, 모든 바퀴가 어디로 흘리워 가는 것일까? 정박할
아무 항구도 없이, 가련한 많은 사람들을 싣고서, 안개 속에 잠긴
거리는,

거리 모퉁이 붉은 포스트 상자를 붙잡고 섰을라면 모든 것이 흐르
는 속에 어렴풋이 빛나는 가로등, 꺼지지 않는 것은 무슨 상징일
까? 사랑하는 동무 박(朴)이여! 그리고 김(金)이여! 자네들은 지금
어디 있는가? 끝없이 안개가 흐르는데,

"새로운 날 아침 우리 다시 정답게 손목을 잡아보세" 몇 자 적어 포
스트 속에 떨어뜨리고, 밤을 새워 기다리면 금휘장에 금단추를 *삐
였고 거인처럼 찬란히 나타나는 배달부, 아침과 함께 즐거운 *내림
(來臨),

이 밤을 하염없이 안개가 흐른다.

*삐였고 '꾸몄고'의 방언. 여기서는 '장식하고'의 뜻. *내림 '남이 자기 있는 곳으로 찾아옴'을 높여 이르는 말.

갈래 자유시, 서정시 ｜ **성격** 감각적, 상징적 ｜ **주제** 안개처럼 희미한 현실 속에서 꿈꾸는 희망

거리는 안개에 잠겨 있다. 그 속에서 화자는 옛 친구들을 그리며 새로운 날을 기다린다. 또한 희망 의 소식을 가지고 아침과 함께 찾아올 배달부를 생각한다. 그 순간에도 안개는 하염없이 흐른다.

새로운 길

내를 건너서 숲으로
고개를 넘어서 마을로

어제도 가고 오늘도 갈
나의 길 새로운 길

민들레가 피고 까치가 날고
아가씨가 지나고 바람이 일고

나의 길은 언제나 새로운 길
오늘도…… 내일도……

내를 건너서 숲으로
고개를 넘어서 마을로.

갈래 자유시, 서정시 | **성격** 상징적, 의식적 | **표현의 특징** 수미상관 | **주제** 미지의 미래에 대한 설렘

내를 건너 숲으로, 고개를 넘어 마을로 향하는 길. 어제도 가고 오늘도 갈, 또한 내일도 가야 할 시인의 길은 언제나 새롭다. 민들레, 까치, 아가씨, 바람… 길에서 마주치는 대상도 늘 새롭다.

봄

봄이 혈관 속에 시내처럼 흘러
돌, 돌, 시내 가까운 언덕에
개나리, 진달래, 노─란 배추꽃,

삼동을 참아온 나는
풀포기처럼 피어난다.

즐거운 종달새야
어느 이랑에서나 즐거움게 솟쳐라.

푸르른 하늘은
아른, 아른, 높기도 한데……

🦋
갈래 자유시, 서정시 │ **성격** 서정적, 낭만적 │ **주제** 고통 후에 찾아온 희망의 봄
'혈관 속에 시내처럼' 흐르는 봄. 온 누리에 봄이 무르익었다. 종달새는 즐겁게 날아오르고, 푸른 하늘은 높기도 하다. 견디기 어려운 고통을 인내한 화자의 얼굴에도 생기가 돈다.

창

쉬는 시간마다
나는 창녘으로 갑니다.

─창은 산 가르침.

이글이글 불을 피워주소,
이 방에 찬 것이 서립니다.

단풍잎 하나
맴도나 보니
아마도 자그마한 선풍이 인 게외다.

그래도 싸느란 유리창에
햇살이 쨍쨍한 무렵,
상학종(上學鐘)이 울어만 싶습니다.

갈래 자유시, 서정시 | **성격** 상징적, 고백적 | **주제** 현실을 벗어나고 싶은 마음
'창'은 현실을 벗어날 수 있는 유일한 구원의 통로다. 추운 교실에서 떨던 화자는 쉬는 시간마다 창가로 간다. 싸늘한 유리창에 햇살이 내리쬔다. 화자는 창가에서 학교종이 울리기를 기다린다.

비행기

머리에 프로펠러가,
*연자간 풍차보다
더─빨리 돈다.

땅에서 오를 때보다
하늘에서 높이 떠서는
빠르지 못하다.
숨결이 찬 모양이야.

비행기는─
새처럼 나래를
펄럭거리지 못한다.
그리고 늘─
소리를 지른다.
숨이 찬가 봐.

***연자간** 연자매로 곡식을 찧는 방앗간. '연자매'란 둥글고 판판한 돌판 위에 그보다 작고 둥근 돌을
옆으로 세우고, 이를 마소가 끌어올림으로써 곡식을 찧게 되어 있는 방아를 말한다.

갈래 자유시, 서정시 | **성격** 서정적, 회화적 | **주제** 비행기의 나는 모습

화자의 눈에는 비행기가 신기하기만 하다. 그런데 하늘 높이 떠서는 빠르지도 못하고 새처럼 퍼덕
거리지도 못하면서 언제나 소리를 지른다. 숨이 찬 모양이다. 생명 없는 비행기에게까지 따뜻한 시
선을 보내는 시인의 마음씨가 느껴지는 시다.

편지

누나!
이 겨울에도
눈이 가득히 왔습니다.

흰 봉투에
눈을 한 줌 넣고
글씨도 쓰지 말고
우표도 붙이지 말고
말쑥하게 그대로
편지를 부칠까요.

누나 가신 나라엔
눈이 아니 온다기에.

🪶 **갈래** 자유시, 서정시 ｜ **성격** 감상적, 낭만적 ｜ **주제** 죽은 누나에 대한 그리움

죽은 누나에 대한 그리움을 편지라는 매개체를 통해 표현하고 있다. 화자가 있는 곳엔 이 겨울에도 눈이 많이 왔는데, 누나 가신 나라엔 눈이 안 온단다. 누나가 그립고 또 그립다. 글씨도 쓰지 말고 우표도 붙이지 말고, 그냥 하얀 봉투에 눈만 한 줌 넣어 보내볼까.

풍경

봄바람을 등진 초록빛 바다
쏟아질 듯 쏟아질 듯 위태롭다.

잔주름 치마폭의 두둥실거리는 물결은,
오스라질 듯 한껏 경쾌롭다.

마스트 끝에 붉은 깃발이
여인의 머리칼처럼 나부낀다.

                    *

이 생생한 풍경을 앞세우며 뒤세우며
온 하루 거닐고 싶다.

—우중충한 오월 하늘 아래로,
—바다빛 포기 포기에 수놓은 언덕으로.

갈래 자유시, 서정시 │ **성격** 서정적, 낭만적 │ **주제** 봄바다 경치 속 경쾌한 기분

봄바람이 잔주름 같은 물결을 일으키는 초록빛 바다, 멀리 돛대 끝에 붉은 깃발을 단 배가 보인다.
비록 오월의 하늘은 흐리지만, 생생한 바다를 바라보며 경쾌한 기분으로 걷고 싶다.

달밤

흐르는 달의 흰 물결을 밀쳐
여윈 나무 그림자를 밟으며,
북망산을 향한 발걸음은 무거웁고
고독을 반려(伴侶)한 마음은 슬프기도 하다.

누가 있어만 싶던 묘지엔 아무도 없고,
정적만이 군데군데 흰 물결에 폭 젖었다.

갈래 자유시, 서정시 | **성격** 애상적, 감상적 | **주제** 죽음을 향해 가는 고독한 인생

고독을 벗삼아 죽음을 향해 가는 인생길. 발걸음은 무겁고 마음은 슬프다. 화자는 달빛 속에 여윈
나무 그림자를 밟으며 북망산 꼭대기까지 간다. 묘지엔 아무도 없고 정적만 흐른다.

애기의 새벽

우리 집에는
닭도 없단다.
다만
애기가 젖 달라 울어서
새벽이 된다.

우리 집에는
시계도 없단다.
다만
애기가 젖 달라 보채어
새벽이 된다.

🦋
갈래 자유시, 서정시 │ **성격** 인간적, 감상적 │ **주제** 가난하고 인간적인 삶

화자의 집에는 새벽을 알려줄 닭도 시계도 없다. 다만 아기가 배고파 우는 시간, 젖 달라고 보채는
시간이 바로 새벽이다. 참으로 가난하고 인간적인 삶이다.

아침

획 획 획
소꼬리가 부드러운 채찍질로
어둠을 쫓아
캄 캄 어둠이 깊다 깊다 밝으오.

이제 이 동리(洞里)의 아침이
풀살 오른 소 엉덩이처럼 푸르오.

이 동리 콩죽 먹은 사람들이
땀물을 뿌려 이 여름을 길렀소.
잎 잎 풀잎마다 땀방울이 맺혔소.

구김살 없는 이 아침을
심호흡하오 또 하오.

🦋 **갈래** 자유시, 서정시 ┃ **성격** 상징적, 긍정적 ┃ **주제** 어두운 밤이 지난 뒤의 밝은 아침
유독 어둡던 밤이 물러간 후에 온 아침은 더욱 밝다. 가난한 사람들은 인고의 여름을 보내어 풀잎마다 땀방울이 맺혔다. 이 아침의 상쾌한 기운. 깊이깊이 들이마신다.

바다

실어다 뿌리는
바람조차 시원타.

솔나무 가지마다 샛춤히
고개를 돌리어 뼈드러지고,

밀치고
밀치운다.

이랑을 넘는 물결은
폭포처럼 피어오른다.

해변에 아이들이 모인다.
찰찰 손을 씻고 굽으로,

바다는 자꾸 설워진다.
갈매기의 노래에……

돌아다보고 돌아다보고
돌아가는 오늘의 바다여!

🐦
갈래 자유시, 서정시 ┃ **성격** 낭만적, 서정적 ┃ **주제** 바다의 낭만

바람도 시원하고 물결은 폭포처럼 피어오른다. 해변에는 아이들이 모이는데, 갈매기의 노래에 자꾸 서러워지는 바다. 화자는 돌아간다, 그 낭만의 바다를 뒤로 하고.

창공

그 여름날
열정의 포푸라는
오려는 창공의 푸른 젖가슴을
어루만지려
팔을 펼쳐 흔들거렸다.
끓는 태양 그늘 좁다란 지점에서.

천막 같은 하늘 밑에서
떠들던 소나기
그리고 번개를,

춤추던 구름은 이끌고
남방(南方)으로 도망하고,
높다랗게 창공은 한 폭으로
가지 위에 퍼지고
둥근 달과 기러기를 불러왔다.

푸르른 어린 마음이 이상(理想)에 타고,

그의 동경(憧憬)의 날 가을에

조락(凋落)의 눈물을 비웃다.

갈래 자유시, 서정시 | **성격** 상징적, 서정적 | **주제** 현실을 견딘 후에 오는 밝은 미래

여름날의 뜨겁던 창공은 천둥, 번개, 소나기로 식고, 구름은 그들을 이끌고 남쪽으로 달아난다. 그 대신 높은 하늘에는 둥근 달과 기러기가 불려온다. 화자는 동경하던 가을에 이상과 희망을 본다.

초 한 대

초 한 대—
내 방에 풍긴 향내를 맡는다.

광명의 제단이 무너지기 전
나는 깨끗한 제물을 보았다.

염소의 갈비뼈 같은 그의 몸,
그의 생명인 심지까지
백옥 같은 눈물과 피를 흘려,
불살라버린다.

그리고도 책머리에 아롱거리며
선녀처럼 촛불은 춤을 춘다.

매를 본 꿩이 도망가듯이
암흑이 창구멍으로 도망간
나의 방에 풍긴
제물의 위대한 향내를 맛보노라.

갈래 자유시, 서정시 ┃ **성격** 상징적, 사색적 ┃ **주제** 희생적인 삶에 대한 찬미

화자는 자신의 몸을 불살라 어둠을 몰아내는 초를 바라보며 생각에 잠긴다. 빛의 제단에 바쳐진 그 제물의 위대한 향내를 맡으며, 자신도 그와 같이 살고자 다짐한다.

달같이

연륜이 자라듯이
달이 자라는 고요한 밤에
달같이 외로운 사랑이
가슴 하나 뻐근히
연륜처럼 피어나간다.

갈래 자유시, 서정시 | **성격** 감상적, 상징적 | **주제** 외로운 사랑이 피어나는 달밤

달밤에 외롭게 피어나는 사랑을 노래한 시다. 달빛이 고요한 밤, 화자의 가슴 하나 뻐근하게 사랑이
나이테처럼 피어난다.

무얼 먹고 사나

바닷가 사람

물고기 잡아먹고 살고

산골엣 사람

감자 구워먹고 살고

별나라 사람

무얼 먹고 사나.

❀

갈래 자유시, 서정시 | **성격** 공상적, 서정적 | **주제** 호기심

순수한 동심이 느껴지는 시다. 바닷가에서는 물고기 잡아먹고 산골에서는 감자 구워먹는데, 별나라에서는 뭘 먹고 사는지 정말 궁금해진다.

제4장
부서진 달조각

해바라기 얼굴

누나의 얼굴은
해바라기 얼굴
해가 금방 뜨자
일터에 간다.

해바라기 얼굴은
누나의 얼굴
얼굴이 숙어들어
집으로 온다.

갈래 자유시, 서정시 | **성격** 애상적, 상징적 | **주제** 누나의 희생적인 삶

누나는 해바라기다. 해가 뜨면 일하러 나갔다가 해가 지면 '얼굴이 숙어들어' 집으로 온다. 집안을
위해, 오빠나 동생을 위해 희생하는 누나의 고달픈 모습이 상징적으로 표현된 시다.

햇빛·바람

손가락에 침 발라
쏘—ㄱ, 쏙, 쏙
장에 가는 엄마 내다보려
문풍지를
쏘—ㄱ, 쏙, 쏙

아침에 햇빛이 빤짝,

손가락에 침 발라
쏘—ㄱ, 쏙, 쏙
장에 가신 엄마 돌아오나
문풍지를
쏘—ㄱ, 쏙, 쏙

저녁에 바람이 솔솔.

갈래 자유시, 서정시 | **성격** 서정적, 회화적 | **주제** 엄마를 따르는 동심

눈앞에 보는 듯 그려지는 귀여운 정경이다. 아침엔 장에 가는 엄마 내다보려고 손가락에 침을 발라
문구멍을 낸다. 저녁엔 엄마가 언제쯤 오려나 궁금해서 또 손가락에 침을 바른다.

반딧불

가자, 가자, 가자,
숲으로 가자.
달조각을 주우러
숲으로 가자.

그믐밤 반딧불은
부서진 달조각

가자, 가자, 가자,
숲으로 가자.
달조각을 주우러
숲으로 가자.

갈래 자유시, 서정시 ┃ **성격** 낭만적, 서정적 ┃ **주제** 자연 현상의 아름다움

여기저기 여름 하늘을 수놓은 반딧불이가 보이는 듯하다. 더구나 깜깜한 그믐밤이다. 반딧불이는
'부서진 달조각'처럼 어둠을 밝히고 숲으로 떨어진다.

조개껍질
— 바닷물소리 듣고 싶어

아롱아롱 조개껍데기
울 언니 바닷가에서
주워 온 조개껍데기.

여긴 여긴 북쪽 나라요
조개는 귀여운 선물
장난감 조개껍데기.

데굴데굴 굴리며 놀다,
짝 잃은 조개껍데기
한 짝을 그리워하네.

아롱아롱 조개껍데기
나처럼 그리워하네,
물소리 바닷물 소리.

갈래 자유시, 서정시 ｜ **성격** 낭만적, 서정적 ｜ **주제** 고향을 그리는 마음

언니가 바닷가에서 주워온 조개껍데기. 가지고 놀다가 한 짝을 잃어버렸다. 한 짝만 남은 조개껍데기는 제 짝을 찾는다. 바닷물소리를 그린다. 마치 화자가 고향을 그리듯이.

산울림

까치가 울어서
산울림,
아무도 못 들은
산울림.

까치가 들었다,
산울림,
저 혼자 들었다,
산울림.

갈래 자유시, 서정시 | **성격** 서정적, 낭만적 | **주제** 자연의 신비와 아름다움

사람이라곤 그림자조차 없는 외로운 산속. 까치가 운다. 메아리가 들린다. 하지만 아무도 듣지 못한다. 오직 까치 혼자 메아리가 되어 돌아오는 제 소리를 듣는다. 적막하다.

귀뚜라미와 나와

귀뚜라미와 나와
잔디밭에서 이야기했다.

귀뚤귀뚤
귀뚤귀뚤

아무에게도 아르켜주지 말고
우리 둘만 알자고 약속했다.

귀뚤귀뚤
귀뚤귀뚤

귀뚜라미와 나와
달 밝은 밤에 이야기했다.

갈래 자유시, 서정시 ┃ **성격** 서정적, 낭만적 ┃ **주제** 자연과의 소통, 귀뚜라미와의 교감

달 밝은 가을밤 귀뚜라미가 운다. 화자는 그 소리에 귀를 기울인다. 귀뚜라미는 귀뚤귀뚤 자연의 비
밀을 이야기한다. 그리고 아무에게도 가르쳐주지 않고 둘만 알기로 약속한다.

황혼

햇살은 미닫이 틈으로
길쭉한 일(一)자를 쓰고…… 지우고……

까마귀 떼 지붕 위로
둘, 둘, 셋, 넷, 자꾸 날아 지난다.
쑥쑥, 꿈틀꿈틀 북쪽 하늘로,

내사……
북쪽 하늘에 나래를 펴고 싶다.

🍂
갈래 자유시, 서정시 | **성격** 서정적, 감상적 | **주제** 고향을 그리는 마음

미닫이 틈으로 햇살이 들었다가 어느새 어둠이 내린다. 까마귀 떼는 북쪽 하늘을 향해 지붕 위로 날아간다. 북쪽에는 사무치게 그리운 고향이 있다. 까마귀처럼 날개가 있다면 고향에 가고 싶다.

산상(山上)

거리가 바둑판처럼 보이고,
강물이 배암의 새끼처럼 기는
산 위에까지 왔다.
아직쯤은 사람들이
바둑돌처럼 벌여 있으리라.

한나절의 태양이
함석 지붕에만 비치고,
굼벵이 걸음을 하던 기차가
정거장에 섰다가 검은 내를 토하고
또, 걸음발을 탄다.

텐트 같은 하늘이 무너져
이 거리를 덮을까 궁금하면서
좀더 높은 데로 올라가고 싶다.

🦋
갈래 자유시, 서정시 | **성격** 의지적, 상징적 | **주제** 이상을 향해 높이 올라가고 싶은 마음

산 위에 올라 내려다보니 거리는 바둑판 같고, 강물은 뱀이 기는 것 같다. 사람들은 그 바둑판 위에 놓인 바둑돌처럼 보이고… 혹 '텐트 같은 하늘'이 무너져 거리를 덮는 건 아닐까, 어린애처럼 궁금하게 여기며 더 높이 올라가고 싶다.

소낙비

번개, 뇌성, 와자지근 뚜드려
먼 도회지에 낙뢰가 있어만 싶다.

벼룻장 엎어논 하늘로
살 같은 비가 살처럼 쏟아진다.

손바닥만한 나의 정원이
마음같이 흐린 호수 되기 일쑤다.

바람이 팽이처럼 돈다.
나무가 머리를 이루 잡지 못한다.

내 경건한 마음을 모셔들여
노아 때 하늘을 한 모금 마시다.

🕊 **갈래** 자유시, 서정시 | **성격** 상징적, 감각적 | **주제** 자연현상 앞에 경건해지는 마음

천둥번개가 요란한 걸 보니 어딘가 멀리 벼락이 떨어진 듯하다. 시커먼 하늘에서는 소낙비가 쏟아
진다. 작은 뜰은 어느덧 호수처럼 물이 가득하다. 아름드리 나무를 뒤흔드는 바람 앞에서 그 옛날
노아처럼 경건해진다.

산림

시계가 자근자근 가슴을 때려
*하잔한 마음을 산림이 부른다.

천년 오랜 연륜에 짜든 유적(幽寂)한 산림이
고달픈 한 몸을 포옹할 인연을 가졌나 보다.

산림의 검은 파동 위로부터
어둠은 어린 가슴을 짓밟는다.

발걸음을 멈추어
하나, 둘, 어둠을 헤아려본다.
아득하다.

문득 이파리 흔드는 저녁 바람에
쏴― 무섬이 옮아오고

멀리 첫여름의 개구리 재질댐에
흘러간 마을의 과거가 *아질타.

가지, 가지 사이로 반짝이는 별들만이
새날의 향연으로 나를 부른다.

* **하잔한** 주위에 아무것도 없어 공허한 느낌이 있는. * **아질타** 갑자기 정신이 아득하고 조금 어지럽다.

갈래 자유시, 서정시 | **성격** 사색적, 감상적 | **주제** 어둠 속에서 바라본 새날

현실에 부대껴 고달픈 몸과 마음을 달래려 산림에 든다. 숲속의 어둠은 '어린 가슴을 짓밟'고 이파리를 흔드는 바람에는 무섬증이 인다. 하지만 나뭇가지 사이로 빛나는 별들을 보며 새날을 꿈꾼다.

코스모스

청초한 코스모스는
오직 하나인 나의 아가씨

달빛이 싸늘히 추운 밤이면
옛 소녀가 못 견디게 그리워
코스모스 핀 정원으로 찾아간다.

코스모스는
귀또리 울음에도 수집어지고
코스모스 앞에선 나는
어렸을 적처럼 부끄러워지나니

내 마음은 코스모스의 마음이요
코스모스의 마음은 내 마음이다.

갈래 자유시, 서정시 | **성격** 서정적, 낭만적 | **주제** 생명에 대한 애정과 지난날의 향수

화자에게는 코스모스가 오직 하나인 존재이자 잊고 싶지 않은 과거다. 또한 연민과 애정의 대상이
다. 따라서 화자의 마음은 코스모스의 마음이고 코스모스의 마음은 화자의 마음이다.

햇비

아씨처럼 내린다.
보슬보슬 햇비
맞아주자, 다 같이
옥수숫대처럼 크게
닷 자 엿 자 자라게.
햇님이 웃는다.
나보고 웃는다.

하늘다리 놓였다.
알롱달롱 무지개
노래하자 즐겁게
동무들아 이리 오나.
다 같이 춤을 추자.
햇님이 웃는다.
즐거워 웃는다.

🕊
갈래 자유시, 서정시 | **성격** 서정적, 낭만적 | **주제** 경이로운 자연에 대한 찬미

화자는 햇비, 곧 볕이 나 있을 때 잠깐 오다가 그치는 여우비를 보며 경이로운 자연에 찬미를 보낸다. 신사참배 거부, 폐교, 전학 등, 당시의 어두운 현실과는 대조적으로 아름답고 밝은 시심(詩心)에 오히려 마음이 짠하다.

양지

저쪽으로 황토 실은 이 땅 봄바람이
호인(胡人)의 물레바퀴처럼 돌아 지나고

아롱진 사월 태양의 손길이
벽을 등진 설운 가슴마다 올올이 만진다.

지도(地圖) 째기 놀음에 뉘 땅인 줄 모르는 애 둘이
한 뼘 손가락이 짧음을 한(恨)함이여

아서라! 가뜩이나 엷은 평화가
깨어질까 근심스럽다.

🍀
갈래 자유시, 서정시 | **성격** 상징적, 감상적 | **주제** 평화가 상실된 현실에 대한 고뇌

햇볕 따사로운 봄날, 아이 둘이 땅따먹기를 하며 손가락이 짧아 많은 땅을 차지하지 못하는 것을 아쉬워한다. 그 천진스러운 모습에 나라 잃은 현실이 새삼 가슴 아프다.

산협(山峽)의 오후

내 노래는 오히려
설운 산울림.

골짜기 길에
떨어진 그림자는
너무나 슬프구나.

오후의 명상은
아— 졸려.

갈래 자유시, 서정시 | **성격** 서정적, 감상적 | **주제** 산협에서 느끼는 애상

어느 오후 홀로 산골짜기 길을 가며 노래를 부른다. 돌아오는 메아리도 외롭다. 그림자도 외로워서
슬프다. 그 길에서의 명상은 아, 졸립다.

비로봉

만상을
굽어보기란―

무릎이
오들오들 떨린다.

백화(白樺)
어려서 늙었다.

새가
나비가 된다.

정말 구름이
비가 된다.

옷자락이
춥다.

갈래 자유시, 서정시 | **성격** 전원적, 서정적 | **주제** 자연의 신비

비로봉에 올라 아래를 내려다보니 아찔하다. 바위틈에서 자란 자작나무는 미처 크기도 전에 늙었다. 새는 나비처럼 팔랑거리고 구름은 비가 되어 내린다. 자연이란 참으로 신비스럽다.

눈

지난밤에
눈이 소오복히 왔네.

지붕이랑
길이랑 밭이랑
추워한다고
덮어주는 이불인가 봐.

그러기에
추운 겨울에만 내리지.

🦋
갈래 자유시, 서정시 ∣ **성격** 서정적, 동화적 ∣ **주제** 자연에 대한 따뜻한 시선

밤새 눈이 소복히 쌓였다. 그 눈을 이불로 생각하는 시인의 따뜻한 시선에 저절로 미소가 떠오른다.

제5장
내 어머니 계신 곳

장

이른 아침 아낙네들은 시들은 생활을
바구니 하나 가득 담아 이고⋯⋯
업고 지고⋯⋯ 안고 들고⋯⋯
모여드오, 자꾸 장에 모여드오.

가난한 생활을 골골이 벌여놓고
밀려가고 밀려오고⋯⋯
저마다 생활을 외치오⋯⋯ 싸우오.

왼 하루 올망졸망한 생활을
되질하고 저울질하고 자질하다가
날이 저물어 아낙네들이
쓴 생활과 바꾸어 또 이고 돌아가오.

🦋
갈래 자유시, 서정시 | **성격** 현실적, 애상적 | **주제** 삶의 애환
이른 아침 바구니를 이고 지고 장으로 모여든 아낙네들. 장터에서 전쟁 같은 하루를 보낸 아낙네들은, 날이 어두워지면 다시 바구니를 이고 지고 집으로 돌아간다. 산다는 것은 참⋯

사랑스런 추억

봄이 오던 아침, *서울 어느 쪼그만 정거장에서
희망과 사랑처럼 기차를 기다려,

나는 플랫폼에 *간신(艱辛)한 그림자를 떨어뜨리고,
담배를 피웠다.

내 그림자는 담배 연기 그림자를 날리고,
비둘기 한 떼가 부끄러울 것도 없이
나래 속을 속, 속, 햇빛에 비춰 날았다.

기차는 아무 새로운 소식도 없이
나를 멀리 실어다주어,

봄은 다 가고— 동경 교외 어느 조용한 하숙방에서, 옛 거리에 남
은 나를 희망과 사랑처럼 그리워한다.

오늘도 기차는 몇 번이나 무의미하게 지나가고,
오늘도 나는 누구를 기다려 정거장 가까운
언덕에서 서성거릴 게다.

―아아 젊음은 오래 거기 남아 있거라.

*서울 어느 쪼그만 정거장 희망적인 앞날과 기다림이 있는 장소를 상징적으로 표현한 것이다.
*간신한 힘들고 고생스러운.

갈래 자유시, 서정시 | 성격 상징적, 감상적 | 주제 지난날에 대한 그리움

화자는 동경 교외의 조용한 하숙방에서 지난날의 자신을 그리워한다. 봄이 오던 아침 서울에서 기차를 기다리던 자신을. 어느덧 봄은 다 가버렸다. 화자는 아쉬운 마음에 탄식한다. 젊음은 오랫동안 거기 그대로 있으라고.

또 다른 고향

고향에 돌아온 날 밤에
내 백골이 따라와 한방에 누웠다.

어두운 방은 우주로 통하고
하늘에선가 소리처럼 바람이 불어온다.

어둠 속에 곱게 풍화작용하는
백골을 들여다보며
눈물짓는 것이 내가 우는 것이냐
백골이 우는 것이냐
*아름다운 혼이 우는 것이냐.

*지조 높은 개는
밤을 새워 어둠을 짖는다.

어둠을 짖는 개는
나를 쫓는 것일 게다.

가자 가자

쫓기우는 사람처럼 가자.

백골 몰래

아름다운 또 다른 고향에 가자.

***아름다운 혼이 우는 것이냐** 초월적 세계로 향하고자 하는 이상적인 자아가 우는 것이냐.   ***지조 높은 개** '화자가 결단하기를 재촉하는 사람'을 뜻한다.

갈래 자유시, 서정시 | **성격** 상징적, 자기성찰적, 의지적 | **주제** 현실을 극복하려는 불굴의 정신, 자유로운 세계에 대한 동경

현실에 쫓겨 고향에 돌아온 화자를 '백골'이 따라왔다. '백골'은 현실적 자아, '아름다운 혼'은 이상적인 자아이다. 이 둘이 서로 대립하고 갈등함으로써 화자의 고뇌는 깊어진다. '지조 높은 개'가 밤새워 짖는 것을 들으며 화자는 마치 쫓기는 사람처럼 '또 다른 고향'으로 가려 한다.

고향집
— 만주에서 부른

헌 짚신짝 끄을고
나 여기 왜 왔노,
두만강을 건너서
쓸쓸한 이 땅에.

남쪽 하늘 저 밑엔
따뜻한 내 고향
내 어머니 계신 곳
그리운 고향집.

🦋
갈래 자유시, 서정시 | **성격** 애상적, 감상적 | **주제** 고향을 그리는 마음

화자는 살 길을 찾아 두만강을 건너 만주로 왔다. 그런데 이 땅은 너무 쓸쓸하고 현실은 팍팍하다.
남쪽 하늘 밑 따뜻한 고향, 그리고 그곳에 계신 어머니가 못 견디게 그립다.

버선본

어머니
누나 쓰다 버린 습자지는
두었다간 뭣에 쓰나요?

그런 줄 몰랐더니
습자지에 내 버선 놓고
가위로 오려
버선본 만드는걸.

어머니
내가 쓰다 버린 몽당연필은
두었다간 뭣에 쓰나요?

그런 줄 몰랐더니
천 위에다 버선본 놓고
침 발라 점을 찍곤
내 버선 만드는걸.

🦋
갈래 자유시, 서정시 | **성격** 서정적, 회화적 | **주제** 쓸모없는 것들의 쓸모

쓰다 버린 습자지, 몽당연필… 그 쓸모없는 것들을 어머니는 쓸모있게 만든다. 습자지는 버선본 만들고, 몽당연필은 천 위에 침 발라 점을 찍어 버선 만든다. 없는 가운데 자식들을 생각하는 어머니의 마음이 따뜻하다.

고추밭

시들은 잎새 속에서
고 빠알간 살을 드러내놓고,
고추는 방년(芳年) 된 아가씬 양
*땍볕에 자꾸 익어간다.

할머니는 바구니를 들고
밭머리에서 어정거리고
손가락 *너어는 아이는
할머니 뒤만 따른다.

🦋
*땍볕 '뙤약볕'의 방언. *너어는 '씹는', '빠는'의 방언.

갈래 자유시, 서정시 | 성격 향토적, 서정적, 목가적 | 주제 농촌에 대한 향수

꽃다운 나이의 아가씨처럼 뙤약볕에 익어가는 빨간 고추. 할머니는 고추를 따고 아이는 손가락을 빨며
그 할머니 뒤를 따른다. 자연에 대한 동경을 불러일으키는 평화로운 농촌 풍경이 마치 그린 듯하다.

굴뚝

산골짜기 오막살이 낮은 굴뚝엔
몽긔몽긔 웬 *내굴 대낮에 솟나.

감자를 굽는 게지, 총각 애들이
깜박깜박 검은 눈이 모여 앉아서,
입술이 꺼멓게 숯을 바르고,
옛이야기 한 *커리에 감자 하나씩.

산골짜기 오막살이 낮은 굴뚝엔
살랑살랑 솟아나네, 감자 굽는 내.

***내굴** 물건이 탈 때에 일어나는 부옇고 매운 기운을 말하는 '내'의 방언. ***커리** '켤레'의 방언.

갈래 자유시, 서정시 │ **성격** 향토적, 서정적 │ **주제** 정겨운 어린 시절에 대한 그리움

대낮에 오막살이 굴뚝에서 연기가 뭉게뭉게… 옛이야기 한 편에 감자 하나씩. 마을 총각들은 입가에 꺼먼 숯을 바른 채 아궁이 주위에 모여 앉았다. 살랑살랑 감자 굽는 내가 솟아난다. 아, 그 시절이 그립다.

기왓장 내외

비 오는 날 저녁에 기왓장 내외
잃어버린 외아들 생각나선지
꼬부라진 잔등을 어루만지며
쭈룩쭈룩 구슬피 울음 웁니다.

대궐 지붕 위에서 기왓장 내외
아름답던 옛날이 그리워선지
주름 잡힌 얼굴을 어루만지며
물끄러미 하늘만 쳐다봅니다.

갈래 자유시, 서정시 | **성격** 우의적, 서정적 | **주제** 부모님에 대한 그리움

기왓장에 쭈룩쭈룩 내리는 비를 보며 생각에 잠긴 시인의 모습이 떠오른다. 꼬부라진 잔등에 주름
잡힌 얼굴, 기왓장은 마치 우리네 어머니 아버지를 보는 듯하여 가슴이 먹먹하다.

호주머니

넣을 것 없어
걱정이던
호주머니는,

겨울만 되면
주먹 두 개 갑북갑북.

갈래 자유시, 서정시 | **성격** 서정적, 낭만적 | **주제** 가난 속의 낭만

빈 호주머니. 그런데 겨울이면 손을 넣지 않을 수 없으니 호주머니가 꽉 찬다. 호주머니에 아무것도
넣을 것 없는 가난이 서글프면서도 한편으론 그런 발상 자체가 귀엽다.

오줌싸개 지도

밧줄에 걸어논
요에다 그린 지도는
간밤에 내 동생
오줌 싸서 그린 지도

꿈에 가본 엄마 계신
별나라 지돈가?
돈 벌러 간 아빠 계신
만주 땅 지돈가?

갈래 자유시, 서정시 | **성격** 애상적, 감상적 | **주제** 어린아이를 통해 엿본 한 가정의 비극

간밤에 동생이 요에다 오줌으로 지도를 그렸다. 그것을 보며 아이는 고개를 갸웃거린다. '엄마 계신
별나라 지돈가? 아빠 계신 만주 땅 지돈가?' 그 천진스러움이 눈물겹다.

빨래

빨랫줄에 두 다리를 드리우고
흰 빨래들이 귓속 이야기하는 오후

쨍쨍한 칠월 햇발은 고요히도
아담한 빨래에만 달린다.

🦋
갈래 자유시, 서정시 | **성격** 우의적, 서정적 | **주제** 여름날 오후의 한가로운 풍경

흔히 보고 지나치는 사물에 대한 예민한 의식이 드러나는 시다. 칠월 어느 날 오후 빨랫줄에 널린
빨래들이 한가로이 귓속말을 하는 듯하다. 여름날 뜨거운 햇살 속 풍경이 눈앞에 떠오른다.

산골 물

괴로운 사람아 괴로운 사람아
옷자락 물결 속에서도
가슴속 깊이 돌돌 샘물이 흘러
이 밤을 더불어 말할 이 없도다.
거리의 소음과 노래 부를 수 없도다.
*그신 듯이 냇가에 앉았으니
사랑과 일을 거리에 맡기고
가만히 가만히
바다로 가자.
바다로 가자.

*그신 듯이 '끌린 듯이'의 방언.

갈래 자유시, 서정시 │ **성격** 현실도피적, 전원적 │ **주제** 자연으로 돌아가고 싶은 마음

소음이며 사랑이며 일이며, 모두 거리에 맡기고 냇가로 간다. 괴로움 다 잊고 마음이 시키는 대로 냇가로 간다. 그리하여… 냇물에 실려 바다로 간다.

곡간(谷間)

산들이 두 줄로 줄달음질치고
여울이 소리쳐 목이 잦았다.
한여름의 햇님이 구름을 타고
이 골짜기를 빠르게도 건너려 한다.

산등허리에 송아지뿔처럼
울뚝불뚝히 어린 바위가 솟고,
얼룩소의 보드라운 털이
산등성이에 퍼렇게 자랐다.

삼 년 만에 고향에 찾아드는
산골 나그네의 발걸음이
타박타박 땅을 *고눈다.
벌거숭이 두루미 다리같이······

헌신짝이 지팡이 끝에
모가지를 매달아 늘어지고,
까치가 새끼의 날발을 태우며 날 뿐,
골짝은 나그네의 마음처럼 고요하다.

*고눈다 '발굽을 세워 디딘다'는 북한어.

갈래 자유시, 서정시 | 성격 향토적, 목가적 | 주제 고향을 찾는 나그네의 마음

오랜만의 귀향에 가슴 설렐 만도 하지만, 나그네의 발걸음은 고달프고 외롭다. 그 지팡이 끝에는 헌 신짝이 매달려 지나온 길이 짧지 않았음을 말해준다. 한여름의 해도 구름을 타고 빨리 건너려 했던 깊은 골짜기가 나그네의 마음처럼 고요하다.

사랑의 전당

순(順)아 너는 내 전(殿)에 언제 들어왔던 것이냐?
내사 언제 네 전에 들어갔던 것이냐?

우리들의 전당은
고풍(古風)한 풍습이 어린 사랑의 전당

순아 암사슴처럼 수정(水晶) 눈을 내려감아라.
난 사자처럼 엉클린 머리를 고르련다.

우리들의 사랑은 한낱 벙어리였다.

성스런 촛대에 열(熱)한 불이 꺼지기 전
순아 너는 앞문으로 내달려라.

어둠과 바람이 우리 창에 부닥치기 전
나는 영원한 사랑을 안은 채
뒷문으로 멀리 사라지련다.

이제

네게는 삼림 속의 아늑한 호수가 있고,

내게는 험준한 산맥이 있다.

🦋
갈래 자유시, 서정시 ❘ **성격** 상징적, 감각적 ❘ **주제** 사랑에 머물 수 없는 현실

시인에게는 '사랑의 전당'에 머물기 어려운 현실적 어려움이 있다. 그래서 그 사랑의 대상인 순이에
게 앞문으로 내달리라고 한다. 자신은 뒷문으로 사라지겠다면서… 두 사람은 운명적으로 영원한
사랑을 안은 채 헤어질 수밖에 없다.

빗자루

요오리조리 베면 저고리 되고
이이렇게 베면 큰 총 되지.

누나하고 나하고
가위로 종이 쏠았더니
어머니가 빗자루 들고
누나 하나 나 하나
엉덩이를 때렸소,
방바닥이 어지럽다고.

아아니 아니
고놈의 빗자루가
방바닥 쓸기 싫으니
그랬지 그랬어.

괘씸하여 벽장 속에 감췄더니
이튿날 아침 빗자루가 없다고
어머니가 야단이지요.

❀
갈래 자유시, 서정시 | **성격** 해학적, 서정적 | **주제** 단란한 가족의 모습

남매가 가위로 종이를 쏠아 방이 어질러졌다. 어머니가 빗자루로 누나와 화자의 엉덩이를 한 차례
씩 때렸다. 짐짓 '고놈의 빗자루'가 괘씸하다면서 벽장 속에 감추는 모습이 능청스럽다.

부록

오후의 구장

늦은 봄 기다리던 토요일 날
오후 세시 반의 경성행(京城行) 열차는
석탄 연기를 자욱이 풍기고
지나가고

한몸을 끄을기에 강하던
공이 자력(磁力)을 잃고
한 모금의 물이
불붙는 목을 축이기에
넉넉하다.

젊은 가슴의 피 순환이 잦고,
두 철각(鐵脚)이 늘어진다.

검은 기차 연기와 함께
푸른 산이
아지랑이 저쪽으로
가라앉는다.

종달새

종달새는 이른 봄날
질디진 거리의 뒷골목이
싫더라.
명랑한 봄하늘,
가벼운 두 나래를 펴서
요염한 봄노래가
좋더라.
그러나,
오늘도 구멍 뚫린 구두를 끌고,
홀렁홀렁 뒷거리길로
고기새끼 같은 나는 헤매나니,
나래와 노래가 없음인가
가슴이 답답하구나.

비애(悲哀)

호젓한 세기(世紀)의 달을 따라
알 듯 모를 듯한 데로 거닐고저!

아닌 밤중에 튀기듯이
잠자리를 뛰쳐
끝없는 광야를 홀로 거니는
사람의 심사는 외로우려니

아! 이 젊은이는
피라밋처럼 슬프구나.

비둘기

안아보고 싶게 귀여운
산비둘기 일곱 마리
하늘 끝까지 보일 듯이 맑은 공일날 아침에
벼를 거두어 빤빤한 논에
앞을 다투어 모이를 주으며
어려운 이야기를 주고받으오.

날씬한 두 나래로 조용한 공기를 흔들어
두 마리가 나오.
집에 새끼 생각이 나는 모양이오.

가슴1

소리 없는 북
답답하면 주먹으로
뚜드려보오.

그래 봐도
후—
가—는 한숨보다 못하오.

거짓부리

똑, 똑, 똑,
문 좀 열어주세요
하룻밤 자고 갑시다.

밤은 깊고 날은 추운데
거 누굴까?
문 열어주고 보니
검둥이의 꼬리가
거짓부리한걸.

꼬끼요, 꼬끼요,
달걀 낳았다.
간난아 어서 집어가거라.

간난이 뛰어가 보니
달걀은 무슨 달걀,
고놈의 암탉이
대낮에 새빨간
거짓부리한걸.

모란봉에서

앙당한 소나무 가지에
훈훈한 바람의 날개가 스치고
얼음 섞인 대동강 물에
한나절 햇발이 미끄러지다.

허물어진 성터에서
철모르는 여아(女兒)들이
저도 모를 이국말로
재잘대며 뜀을 뛰고

난데없는 자동차가 밉다.

장미 병들어

장미 병들어
옮겨놓을 이웃이 없도다.

달랑달랑 외로이
황마차(幌馬車) 태워 산에 보낼거나

뚜 구슬피
화륜선 태워 대양에 보낼거나

프로펠러 소리 요란히
비행기 태워 성층권에 보낼거나

이것저것
다 그만두고

자라가는 아들이 꿈을 깨기 전
이 내 가슴에 묻어다오.

닭

한 칸 계사(鷄舍) 그 너머 창공이 깃들어
자유의 향토를 잊은 닭들이
시든 생활을 주절대고
생산의 노고를 부르짖었다.

음산한 계사에서 쏠려나온
외래종 레그혼,
학원(學園)에서 새무리가 밀려나오는
삼월의 맑은 오후도 있다.

닭들은 녹아드는 두엄을 파기에
아담한 두 다리가 분주하고
굶주렸던 주두리가 바지런하다.
두 눈이 붉게 여물도록—

이런 날

사이좋은 정문의 두 돌기둥 끝에서
오색기와 태양기가 춤을 추는 날,
금을 그은 지역의 아이들이 즐거워한다.

아이들에게 하루의 건조한 학과로
해말간 권태가 깃들고
'모순' 두 자를 이해치 못하도록
머리가 단순하였구나.

이런 날에는
잃어버린 완고하던 형을
부르고 싶다.

만돌이

만돌이가 학교에서 돌아오다가
전봇대 있는 데서
돌짜기 다섯 개를 주웠습니다.

전봇대를 겨누고
돌 첫개를 뿌렸습니다.
딱
두 개째 뿌렸습니다.
아뿔싸
딱
세 개째 뿌렸습니다.
딱
네 개째 뿌렸습니다.
아뿔싸
다섯 개째 뿌렸습니다.
딱

다섯 개에 세 개······
그만하면 되었다.

내일 시험,
다섯 문제에 세 문제만 하면

손꼽아 구구를 하여 봐도
허양 육십 점이다.
볼 거 있나 공 차러 가자.

이 이튿날 만돌이는
꼼짝 못하고 선생님한테
흰 종이를 바쳤을까요.
그렇잖으면 정말
육십 점을 맞았을까요.

둘 다

바다도 푸르고
하늘도 푸르고

바다도 끝없고
하늘도 끝없고

바다에 돌 던지고
하늘에 침 뱉고

바다는 벙글
하늘은 잠잠.

겨울

처마 밑에
시래기 다래미
바삭바삭
추워요.

길바닥에
말똥 동그램이
달랑달랑
얼어요.

참새

가을 지난 마당은 하이얀 종이
참새들이 글씨를 공부하지요.

째액째액 입으로 받아 읽으며
두 발로는 글씨를 연습하지요.

하루 종일 글씨를 공부하여도
쩍자 한 자밖에는 더 못 쓰는걸.

식권(食券)

식권은 하루 세 끼를 준다.

식모는 젊은 아이들에게
한 때 흰 그릇 셋을 준다.

대동강 물로 끓인 국,
평안도 쌀로 지은 밥,
조선의 매운 고추장,

식권은 우리 배를 부르게.

남쪽 하늘

제비는 두 나래를 가지었다.
시산한 가을날.

어머니의 젖가슴이 그리운
서리 나리는 저녁
어린 영(靈)은 쪽나래의 향수를 타고
남쪽 하늘에 떠돌 뿐

해설

하늘과 바람과 별의 시인, 윤동주

　　우리나라 사람들이 가장 좋아하는 시인 중 한 명인 윤동주의 시는 간결하고 아름다운 시어의 절정을 보여준다. 밤하늘의 별을 올려다볼 줄 알았던 윤동주는 '잎새에 이는 바람에도 괴로워'할 만큼 맑고 순결한 영혼의 소유자였다. 그는 '인생은 살기 어렵다는데/시가 이렇게 쉽게 씌어지는 것은 부끄러운 일이다'(「쉽게 씌어지는 시」)라고 고백하며 '시대처럼 올 아침'을 조용히 기다렸다. 하지만 해방을 불과 여섯 달 앞둔 1945년 2월 16일 일본 후쿠오카의 형무소에서 옥사함으로써 짧은 생을 마감했다.

　　윤동주는 일제강점기였던 1917년 북간도 명동촌에서 태어났다. 할아버지는 기독교 장로였고, 아버지는 명동소학교 교사를 지냈다. 1931년 명동소학교를 졸업한 윤동주는 명동촌에서 20여 리 떨어진 중국인 마을에 있는 소학교에 편입했다. 이 학교를 1년쯤 다녔는데, 이국소녀들에 대한 추억과 함께 시 「별 헤는 밤」의 소재가 남았다. 이듬해인 1932년 집안이 용정으로 이주하자 기독교계 학교인 은진중학교에 입학했다. 1935년 9월에는 평양 숭실중학교로 전학했는데, 1936년 신사참배 거부로 숭실중학이 폐교되자 다시 용정으로 돌아가 광명학원 중학부를 졸업했다.

　고종사촌이자 친구인 송몽규와 함께 서울의 연희전문학교에 입학한 것은 윤동주가 스물두 살 때인 1937년의 일이다. 처음으로 식민지 현실의 중심으로 진입한 것이다. 1942년 연희전문학교를 졸업하고 일본 유학길에 오른 윤동주는 릿쿄대학 영문과에 입학했다가 가을에는 도시샤대학 영문과로 전학했다. 일본에 간 지 1년여 만인 1943년, 윤동주는 독립을 위한 어떤 구체적인 행동을 하지 않았더라도 조선인들을 탄압하는 데 흔히 썼던 '사상불온'이라는 죄목으로 체포되었다.

　윤동주는 깨끗하고 맑은 느낌의 동시들을 많이 썼는데, 대부분 평양 숭실학교 시절에 쓴 것이다. 신사참배 거부로 학교가 폐교된 후 용정으로 돌아간 윤동주는 『카톨릭 소년』 같은 잡지에 틈틈이 시를 발표했다. '바닷가 사람/물고기 잡아먹고 살고/산골엣 사람/감자 구워먹고 살고/별나라 사람/무얼 먹고 사나.' 「무얼 먹고 사나」라는 동시를 보면 정말 별나라 사람들은 뭘 먹고 사는지 궁금해진다. 「굴뚝」에서는 산골 오막살이 낮은 굴뚝에서 솟는 연기를 보며 궁금해하다가, 마을 총각들이 감자를 굽고 있다는 것을 알아차리고 고개를 끄덕이는 모습이 연상된다. '입술이 꺼멓게 숯을 바르고/옛이야기 한 커리에 감자 하나씩' 먹는다는 구절이 익살스럽다. 그런가 하면 「참새」에서는 어린아이처럼 순수한 시인의 마음이 느껴진다. '가을 지난 마당은 하이얀 종이/참새들이 글씨를 공부하지요.' 가을철 타작마당에서 노니는 참새들을 바라보며 미소짓는 소년 윤동주가 눈에 선하다.

연희전문학교에 입학하고 나서 본격적인 문학수업과 함께 시를 쓰기 시작했다. 식민지 문학청년의 고뇌와 자조와 슬픔이 시를 통해 서서히 그 형체를 드러낸다. 「아우의 인상화」에서는 자라서 무엇이 되고 싶으냐는 형의 물음에 아우는 '사람이 되지'라고 순진하게 대답한다. 형은 참다운 '사람이 되기' 어려운 현실에 새삼 슬픔을 느낀다.

윤동주는 마음속 생각을 용기있게 실천하는 적극적인 성격이 아니라 고요한 가운데 자신의 내면을 들여다보는 자아성찰적인 사람이다. 우물에 비치는 자신이 미워져 돌아가다가, 가엾은 생각에 도로 가서 들여다보는 「자화상」이 씌어진 것도 이 무렵이다. 아무리 미워도 돌아가다 생각하면 그리워지는 자신, 우물 속에는 '추억처럼' 자신의 모습이 비친다. 많은 지식인들이 절개를 꺾고, 독립을 외치던 사람들은 일제에 체포되는 등 그야말로 한 치 앞이 안 보이는 암흑기였다. 그 무렵에 쓴 '괴로웠던 사나이/행복한 예수 그리스도에게처럼/십자가가 허락된다면'이라는 「십자가」의 구절에서 고뇌하는 시인의 모습이 엿보

인다. 일제강점기라는 암울한 현실 가운데서 아무것도 하지 못하는 자신을 부끄럽게 여기는 마음이 나타나 있다. 「별 헤는 밤」은 연희전문 마지막 학기에 쓴 시다. '별 하나에 추억과/별 하나에 사랑과/별 하나에 쓸쓸함과/별 하나에 동경과/별 하나에 시와/별 하나에 어머니, 어머니.' 별처럼 멀고 아름다운 것들을 그리워했던 시인의 순수함이 가슴에 와 닿는다.

윤동주는 연희전문학교 졸업기념으로 그 동안 쓴 19편의 시를 묶어 자필 시집 세 부를 만들었는데, 그중 후배에게 주었던 한 권이 훗날 유고시집을 펴내는 데 결정적인 역할을 했다. 연희전문학교 졸업 후 윤동주는 시대의 고통을 외면한 채 일본 유학을 떠나는 것이 괴로웠다. 당시의 심정은 일본으로 건너가기 직전에 쓴 「참회록」에 잘 나타나 있다. '밤이면 밤마다 나의 거울을/손바닥으로 발바닥으로 닦아보자'는 자신을 성찰하고 또 성찰하는 행위를 나타내는데, 마지막 연에서 '어느 운석 밑으로 홀로 걸어가는/슬픈 사람의 뒷모양'이라는 말로 앞날의 자기 모습을 그렸다. 어쩌면 이때 이미 자신의 죽음을 예견했는지도 모른다.

일본 유학시절 윤동주와 송몽규는 일제의 감시를 받고 있다는 사실을 알지 못한 채 종종 친구들과 하숙방에 모여 조국의 앞날에 대해 이야기했다. 첫 학기를 마치고 여름방학을 맞아 귀국길에 오른 두 사람은 일본 경찰에 체포된다. 윤동주는 시와 일기를 압수당하고, 형무소에 갇혔다가 옥사한다. 옥사의 원인은 일제의 생체실험에 의한 희생으로 짐작되나, 아직까지 정확하게 밝혀진 바는 없다.

섬세한 감성의 시인, '별을 노래하는' 아름다운 마음, '모든 죽어가는 것을 사랑하는' 따뜻한 마음을 가진 사람이 되기를 원했던 윤동주. '하늘을 우러러 한 점 부끄럼이 없기를' 갈망했던 그 이름은 '하늘과 바람과 별과 시'처럼 영원할 것이다.

윤동주

1917   12월 30일 북간도 명동촌에서 아버지 윤영석과 어머니 김용
의 맏아들로 태어나다.

1925   명동소학교에 입학하다.

1928   송몽규 등 급우들과 『새명동』이란 등사판 잡지를 만들다.

1931   명동소학교를 졸업하다. 대랍자에 있는 중국인 소학교 6학년
에 편입하여 1년간 공부하다.

1932   용정의 은진중학교에 입학하다.

1934   12월 24일 오늘날 찾을 수 있는 최초의 작품인 시 세 편, 즉
「삶과 죽음」「초 한 대」「내일은 없다」를 써서 보관하기 시작
하다.

1935   평양 숭실중학교 3학년으로 편입하다. 숭실중학교 학우지
『숭실활천』에 시 「공상」을 게재함으로써 최초로 작품이 활자
화되다.

1936   신사참배 거부 문제로 숭실중학교가 폐교되자 용정으로 돌
아와 광명학원 중학부 4학년으로 편입하다. 『카톨릭 소년』에
「병아리」「오줌싸개 지도」등 동시 발표하다.

1938   광명학원 중학부 졸업하다. 송몽규와 함께 연희전문학교 문
과에 입학하다.

1939   『조선일보』학생란에 산문 「달을 쏘다」, 시 「유언」「아우의 인
상화」를 발표하고, 『소년』에 동시 「산울림」을 발표하다.

1941   연희전문학교 문과 졸업하다. 졸업기념으로 19편의 시를 묶
어 『하늘과 바람과 별과 시』라는 제목으로 시집을 출간하려
했으나 뜻을 이루지 못하다.

1942   일본으로 건너가 릿쿄대학 영문과 입학하다. 여름방학을 맞
아 용정에 있는 고향집을 다녀가다. 그해 가을 도시샤대학 영
문과에 편입하다.

1943   도쿄제국대학에 다니던 송몽규와 함께 독립운동 혐의로 일본
        경찰에 체포되다.

1945   2월 16일 규슈의 후쿠오카 형무소에서 옥사하다.

윤동주 원고 원본

도시샤 대학의 시비

「서시」 친필원고

시 쉽게 감상하기 I

하늘과 바람과 별과 시

초판 1쇄 인쇄 | 2023년 2월 5일
초판 1쇄 발행 | 2023년 2월 10일

지은이 | 윤동주
감 수 | 전문규
일러스트 | 이탁근
제 작 | 선경프린테크
펴낸곳 | Vitamin Book
펴낸이 | 박영진

등 록 | 제318-2004-00072호
주 소 | 07251 서울특별시 영등포구 영신로 40길 18 윤성빌딩 405호
전 화 | 02-2677-1064
팩 스 | 02-2677-1026
이메일 | vitaminbooks@naver.com

ISBN 979-11-89952-76-1 (04810)
     979-11-89952-81-5 (전3권)

잘못된 책은 바꾸어 드립니다.